D1555725

IVO Y LA ZANAHORIA
ISBN 978-607-9344-70-2
1ª EDICIÓN: 15 DE MAYO DE 2015

ARIBAU, 142 PRAL. 08036 BARCELONA
EDICIONES URANO MÉXICO, S.A. DE C.V.
AV. INSURGENTES SUR 1722 PISO 3, COL. FLORIDA,
MÉXICO, D.F., 01030 MÉXICO.
WWW.URANITOLIBROS.COM
URANITOMEXICO@EDICIONESURANO.COM

EDICIÓN: VALERIA LE DUC
DISEÑO GRÁFICO: ELSIE PORTES

IMPRESO EN CHINA – PRINTED IN CHINA

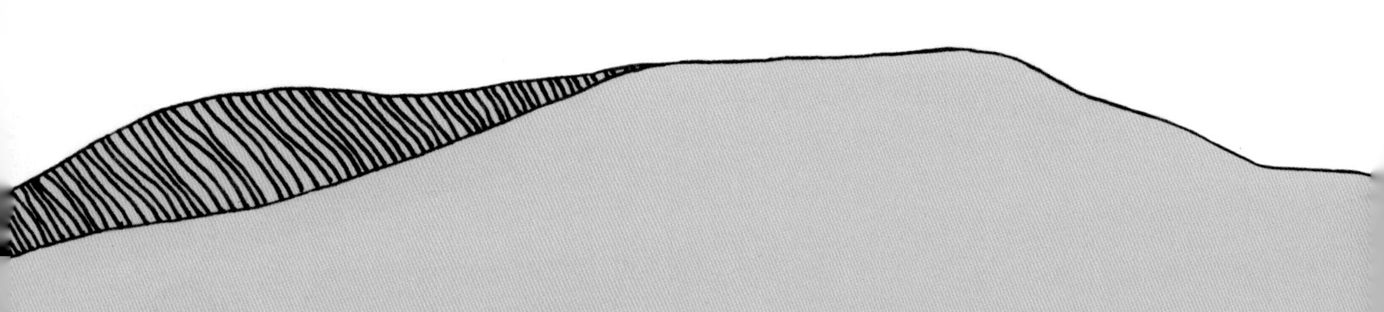

BRENDA LEGORRETA • ILUSTRADO POR ELSIE PORTES

IVO
Y LA ZANAHORIA

A IVO NO LE GUSTABA ESTAR SOLO

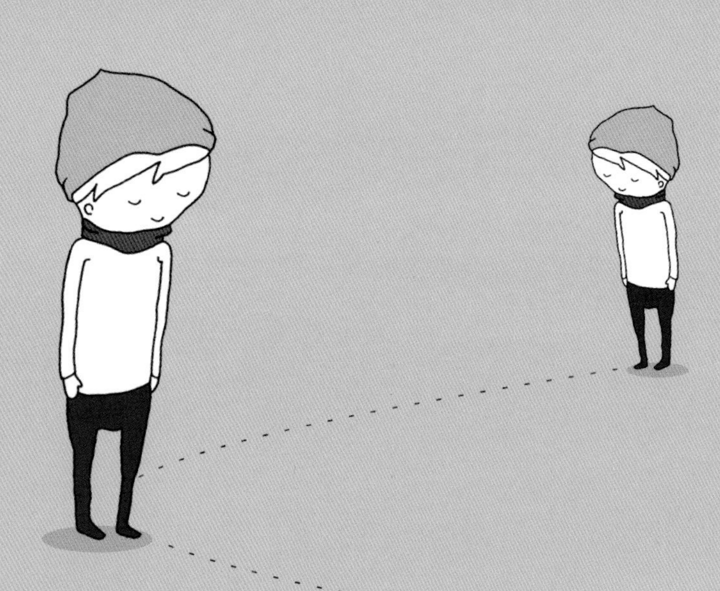

¡NADA DE NADA!

SE LE HACÍA TRISTE, SILENCIOSO Y DEMASIADO TRANQUILO.

HASTA QUE UN DÍA...

SE ENCONTRÓ UNA **PLANTA**
EN MEDIO DEL CAMPO Y TODO CAMBIÓ.

ENTONCES SÍ...

APARECIÓ UNA

ZANAHORIA,

ACOMPAÑADA DE UN HAMBRIENTO...

¡CONEJO!,

EL CUAL SE HABÍA ATORADO EN UN FANTÁSTICO...

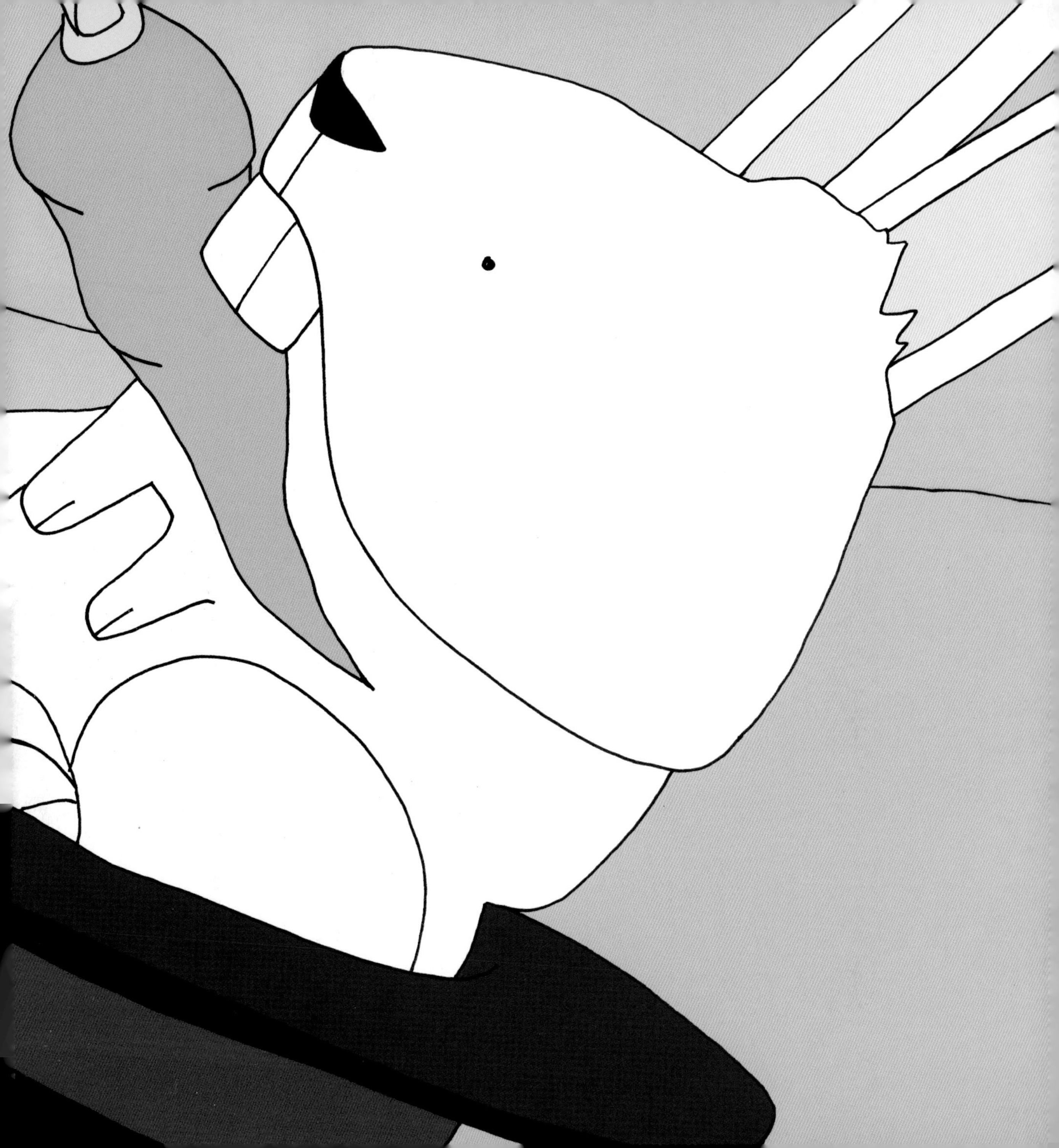

SOMBRERO,

INSEPARABLE DE SU DUEÑO, NADA MÁS Y NADA MENOS QUE UN...

¡MAGO!,

CUYA CAPA SE HABÍA ENREDADO EN PLENA
FIESTA CON LA LARGA CABELLERA DE UNA...

PRINCESA,
QUIEN TODAVÍA APAGABA
LAS VELAS DE SU...

PASTEL,

EL CUAL TRAÍA (COMO SUELEN LOS PASTELES) SU DESEO DE CUMPLEAÑOS:

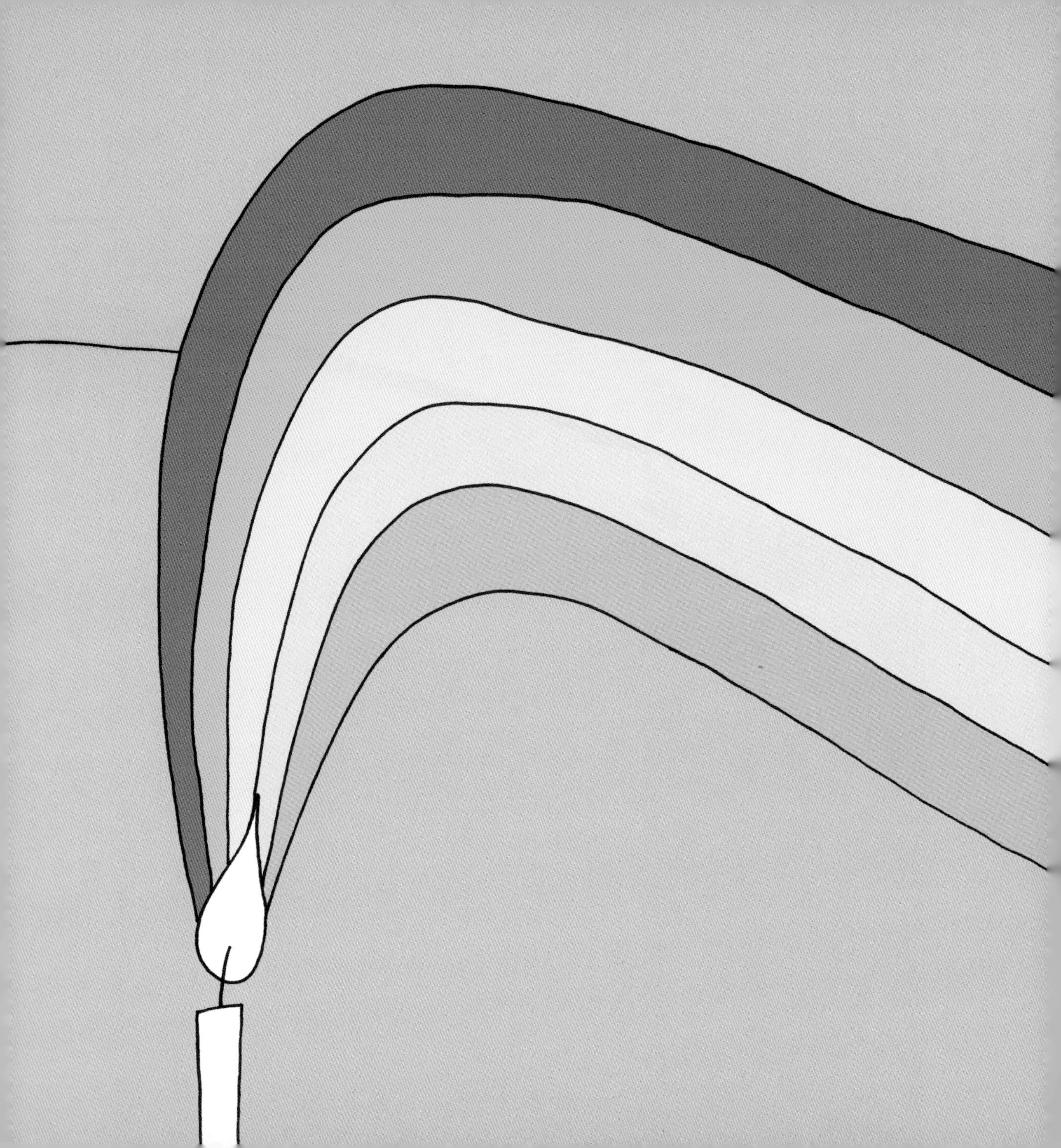

UN ARCOIRIS CON TODO Y...

TESORO,

EN CUYO COFRE SE HABÍA ENCAJADO EL GARFIO DE UN...

¡PIRATA!,

QUIEN SIEMPRE MIRABA AL CIELO CON SU...

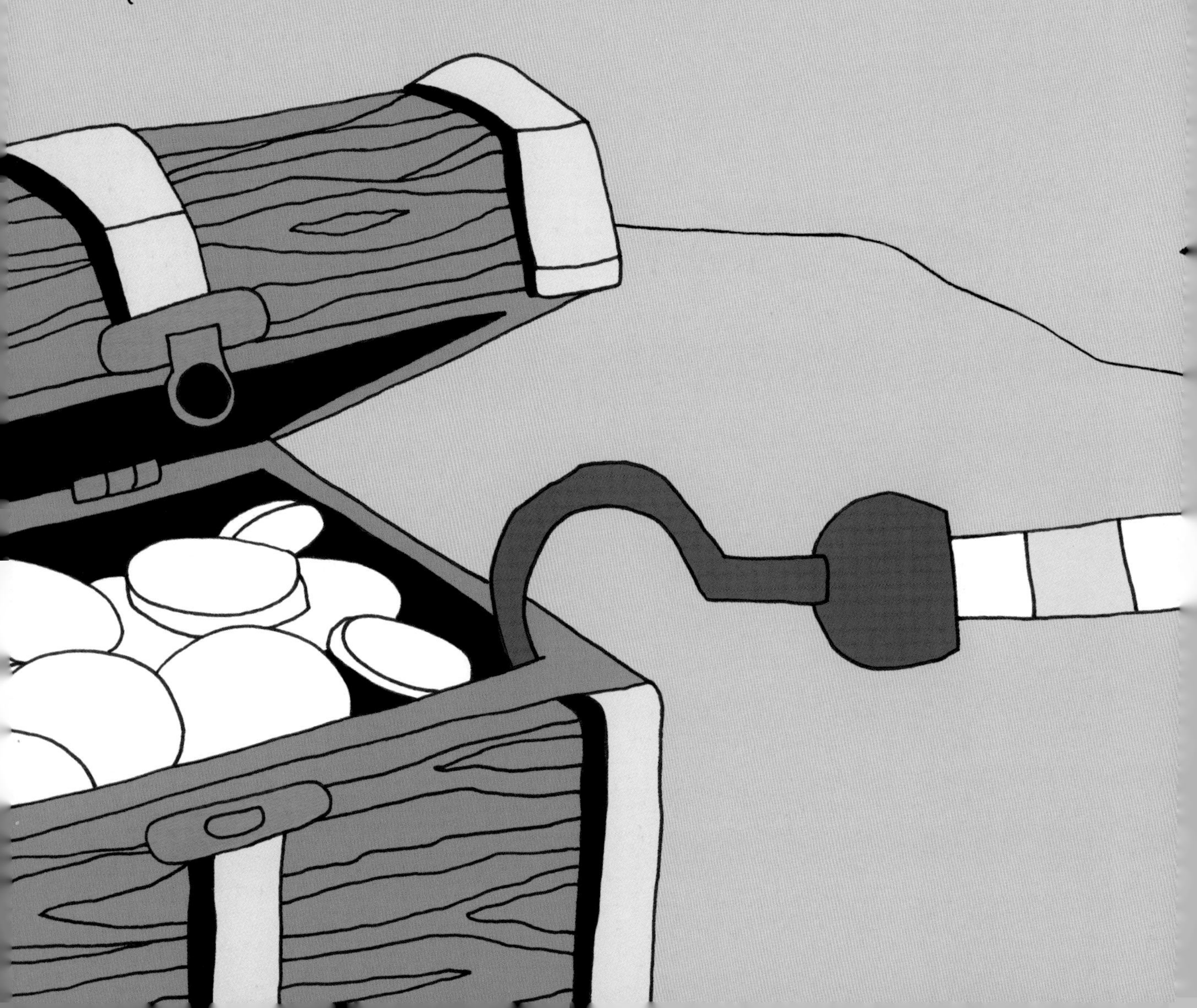

CATALEJOS, EL CUAL APUNTABA A UNA SOLA...

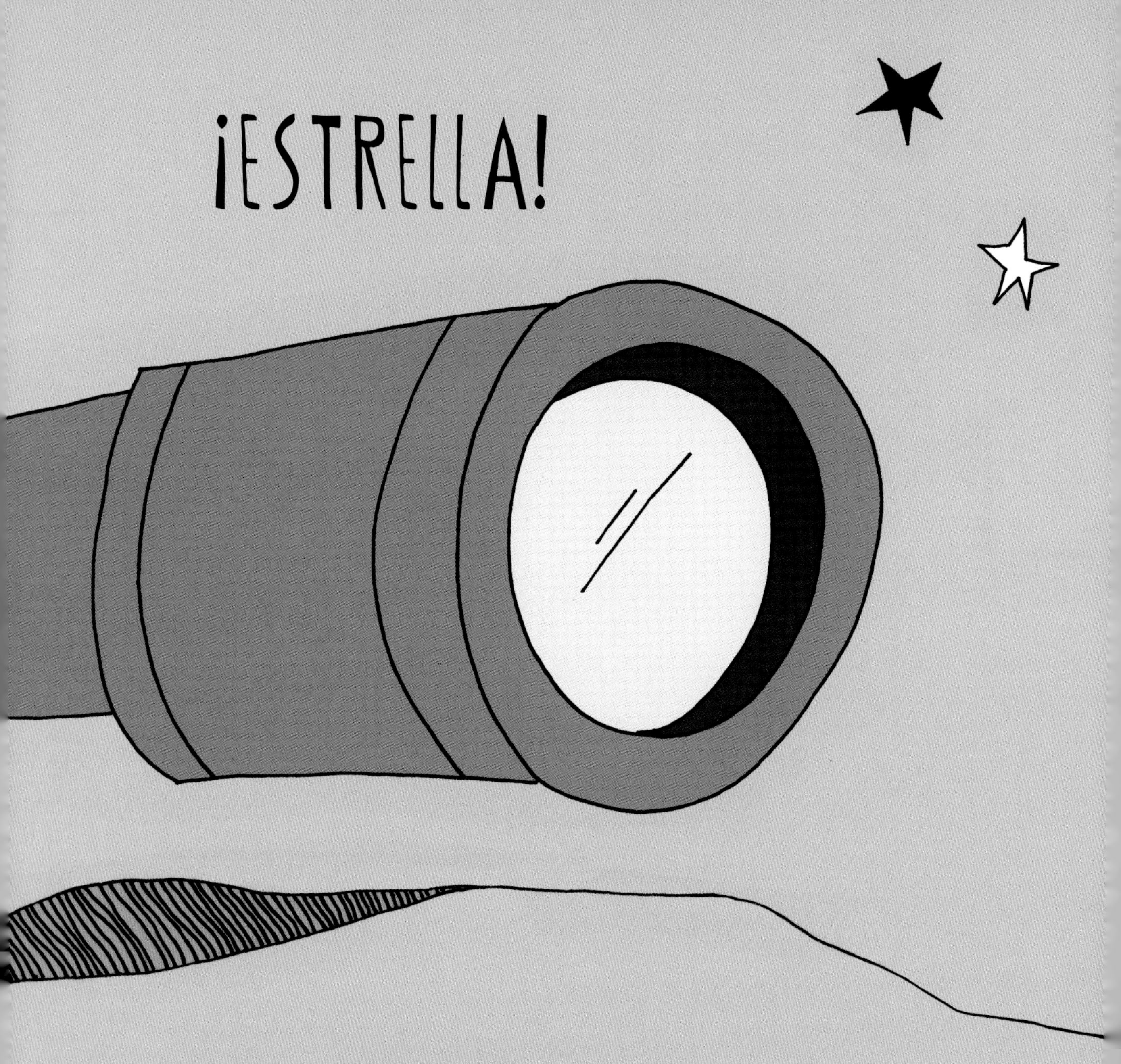
¡ESTRELLA!

Y CON LA ESTRELLA, IVO ARRASTRÓ...

EL UNIVERSO ENTERO.

HASTA QUE YA NO SUPO QUÉ HACER

CON TANTO ALBOROTO Y AGRADABLE COMPAÑÍA.